어제는
이미 지나버린
과거입니다
힘들었던 지난날은
잊어버리고
지금이 순간에
집중하세요
가장 중요한 날은
오늘입니다
지금부터
인생의 봄날을
시작입니다

작가 조미하

내 인생의
봄날은 오늘

내 인생의 봄날은 오늘

글_ 조미하

초판 1쇄 발행_ 2020. 11. 09.
초판 2쇄 발행_ 2020. 12. 23.

발행처_ 삶과지식
발행인_ 김미화
디자인_ 다인디자인(E. S. Park)
편집_ 박시우(Siwoo Park)
이미지_ Shutterstock

등록번호_ 제2010-000048호
등록일자_ 2010. 8. 23.

주소_ 서울특별시 강서구 강서로45라길 55-22, 102호
전화_ 02)2667-7447
이메일_ dove0723@naver.com

ISBN 979-11-85324-51-7 03810

이 도서의 국립중앙도서관 출판예정도서목록(CIP)은 서지정보유통지원시스템 홈페이지(http://seoji.nl.go.kr)와 국가자료공동목록시스템(http://www.nl.go.kr/kolisnet)에서 이용하실 수 있습니다.(CIP제어번호: CIP2020045446)

내 인생의 봄날은

옴

조미하

목차

미련 때문에 버리지 못한 물건처럼
과거 속에 남겨둔 힘들고 아픈 기억 때문에
눈앞에 행복을 못 본 건 아닐까요

과거에서 꺼내
물건을 정리하듯 미련 없이 버리세요
내 인생의 봄날은 오늘입니다

내 인생의
봄날은
오늘

너의 삶이 꽃길이기를

오랜 기간
너의 삶을 지켜본 나는
늘 안타까움이 앞섰어

똑똑하고 야무진 네가
나눠주기 좋아하고 속 깊은 네가
누구보다 잘살기를 응원했는데

바라는 대로 되지 않는
너의 삶에
세상의 불공평을 느꼈었지

그래도 너는
늘 씩씩했고
괜찮다며 오히려 나를 위로했고
좋은 날이 올 거라며 환하게 웃었어

그 미소에
감춰진 아픔이 묻어났고
삶의 무게가 느껴져서
가슴에 통증을 느꼈었지

이제는 너의 말대로
좋은 날이 올 거야
그동안의 가시밭길을 보상해 주고
꽃길만 걷도록 말이야

그것은
잘 견뎌온 네게
성실하게 살아온 네게
하늘이 주는 선물일거야

가자
어서 가자
너를 위해
보석처럼 감춰져 있던
향기 가득한 꽃길로

이 또한 지나가리라

밤을 꼬박 새워본 사람은 알 것이다
어둠은 그리 오래가지 않다는 것을

힘든 일을 겪어본 사람은 알 것이다
모두 지나간다는 것을

사람을 잃어본 사람은 알 것이다
꽃보다 아름다운 게 사람이라는 것을

누군가를 미워해 본 사람은 알 것이다
결국 자신만 힘들다는 것을

포기해본 사람은 알 것이다
인내와 의지가 부족했다는 것을

기나긴 겨울을 지내본 사람은 알 것이다
따뜻한 봄은 반드시 온다는 것을

경험하고 나서야
정확히 깨닫고 알게 된다

결국 모든 것은 지나가게 되어 있다
힘든 일도 슬픈 일도 괴로운 일도……

이 또한 지나가리라

당신의 하루

하는 일마다
술술 풀리기를

가는 곳마다
즐거움이 가득하기를

기분 좋은
미소가 넘치기를

좋은 사람이
찾아오기를

자신을 위해
선물 하나 하기를

내딛는 발걸음이
희망이기를

당신의 하루가
온통 기쁨이기를……

당신의 하루가 온통 기쁨이기를...

더

조금 더 뛰어 봐
조금 더 참아 봐
조금 더 기다려 봐
조금 더 웃어 봐
조금 더 노력해 봐

맘대로 안 된다고
불평하지 말고
무엇이 문제인지
생각해 봐

조급하게 결과를 기다리다
실망한 건 아닌지
더 노력해야 하는데
중단한 건 아닌지
성급하게
포기하는 건 아닌지

한 번 더 생각해 봐
네 탓이 아니라
내 탓이 아닌지

별거 없더라

그 사람의 삶이 행복해 보여
들여다봤더니 잦은 다툼이 있더라

그 사람의 삶이 화려해 보여
들여다봤더니 외로움을 감추고 있더라

그 사람의 삶이 부유해 보여
들여다봤더니 마음이 가난하더라

그 사람의 삶이 부러워
들여다봤더니 아픔을 숨기고 있더라

그 사람의 삶이 성공으로 보여
들여다봤더니 남모를 실패가 있더라

남의 삶이 좋아 보여도
남의 삶이 행복해 보여도
나름대로 고통을 안고 살더라

평범한 일상의 행복

내가 사는 삶이
누군가 간절히 바라는 삶이라고
생각해 본 적 있나요?

많은 사람이 다시 한번 산다면
남들보다 크게 성공하겠다느니
특별한 삶을 살겠다느니 하는 것보다

가족들과 함께
마트 가서 장 보고 공원을 산책하고
늦은 밤 치킨도 시켜 맥주 한 잔 마시며
이런저런 작은 갈등도 겪으면서
그냥저냥 평범하게 사는 것이라 합니다

건강을 잃고
사람을 잃고 나니
더욱 간절해지는 일상이
바로 그 평범한 삶이라는 걸
너무 늦게 깨달은 거지요

당신은 지금
누군가 간절히 바라는
삶을 살고 있지 않습니까

무미건조하고 재미없다고 하지 말고
이 소소함이 바로 행복이란 걸 기억하세요
이 얼마나 좋은 행복입니까

기대치를 낮춰라

한 사람은 최선을 다했는데
한 사람은 크게 실망한다

혼자서 기대치를 높여놓고
그 이상 해주길 바란다면
상대에게 큰 부담을 주며
관계가 틀어질 수 있다

기대치를 낮춰보자
자식에게도 부부끼리도 친구에게도
바라는 게 많아지면 불만이 커진다

나는 잘 못 하면서
왜 상대에게만 잘해달라고 하는가
입장 바꿔 생각해 보면
그 얼마나 불합리한 일인가

기대치를 낮추면
감사함이 저절로 생긴다

조금 부족해도
그 정도면 애썼다 생각 들고
생각했던 것만큼 해주면 고맙고
그보다 잘해주면 더 고맙다

너무 높은 기대는
늘 실망만 안긴다는 걸 기억하자

우정 속에 피는 꽃

좋을 때만 찾고

좋을 때만 만나고

좋을 때만 함께 한다면

진정한 친구가 될 수 없다

바닥을 칠 때 걸러진다는

어느 드라마 대사처럼

정말 힘들고 어려울 때

함께 해준 친구가 평생 간다

좋은 친구가 되고 싶다면

힘든 친구를 외면하지 마라

따뜻한 말 한마디

작은 정성이

다시 시작할 용기를 주고

친구의 인생을 바꿀 수 있다

많이 갖고 잘 살아야

좋은 친구가 되는 건 아니다

조금 부족해도 꾸준한 관심과 사랑이

인생 오래오래 함께할 친구가 되는 것이다

좋은 운이 들어오는 신호

좋은 생각을 한다
생각은 곧 말과 행동으로 나타나
운명을 결정짓기 때문이다

만나는 사람이 바뀐다
늘 수다만 떨며 시간을 보냈던 사람들이
발전적이고 좋은 에너지를 갖은 사람들로 바뀐다

환경이 바뀐다
직장 이사 또는 사업 등
이전과 달라지며 마음가짐부터 바뀐다

변화를 추구한다
그날그날 안주했던 삶이
열정으로 바뀌며 무언가 하기 위해
배우거나 직접 부딪치며 경험한다

탓하지 않는다
너의 탓도 내 탓도 환경 탓도 하지 않고
다시 해보겠다는 집념이 생긴다

목소리가 활기차고 표정이 밝다
늘 자신 없던 모습이 미소가 가득하며
좋은 인상으로 바뀐다

기록한다
원하는 걸 구체적으로 기록하며
목표를 세우고 이미 성공한 것처럼 행동한다

자신감이 몸에 배어
좋은 습관으로 자리 잡아가는 걸
느낄 수 있다

운도 준비하고 있는 사람에게 온다
아무것도 생각 못 하고 있다가
모처럼 다가온 운마저 놓칠 수 있다

가슴앓이

할 말 다 하고
살 수 있다면 얼마나 좋을까

가정에서도
직장에서도
내 맘 같지 않아서
시커멓게 속은 타들어 가는데
내색 못 하는 일들이 얼마나 많은가

한 번쯤 훅 질러버릴까 싶다가도
하나 둘 셋 숨 고르며
참는 일이 습관이 되어버린 지금

며칠이 지난 후
잘 참았다 싶은 게 많은 걸 보면
함부로 말하지 않은 게 얼마나 다행인지

하고 싶은 말
다하고 사는 사람 몇이나 될까

그 순간 꼭 해야 할 말과
하지 말아야 할 말을
구별할 줄 아는 지혜를 기르고 싶다

다짐

쉽게 포기하는 습관을 버리고
다시 시작하겠다는 마음을 갖도록
노력하겠습니다.

사람을 대할 때는 선입견을 버리고
그 사람의 좋은 점을 먼저 보도록
노력하겠습니다

한 번의 실수로
의기소침해 있는 친구에게 먼저 다가가
다독이며 안아주도록 노력하겠습니다

이유 없이 질투하고 시기하는 이웃에
더 큰 마음을 보여주고 큰 그릇이 되도록
노력하겠습니다

올 한 해도 이런 마음으로
자신을 격려하고 사랑하며 살겠습니다

쉽게
포기하는
습관을
버리고
다시
시작
하겠다는
마음을
갖도록
노력
하겠습니다

그럼에도 불구하고

누군가 힘들 때 내민 손은
평생 잊지 못할 은인이 됩니다

한 사람의 따뜻한 마음으로 인해
다시 일어서고
한 사람의 따뜻한 말 한마디
살아내는 원동력이 됩니다

좌절과 절망 속에 있어 본 사람은
잘 압니다
하루하루가 얼마나 절실하고 고달픈지

주저앉고 싶다가도
바라보는 가족의 눈빛과 책임감으로
절망조차 사치가 되어 가슴을 치고 있다는 것을

그럼에도 불구하고
다시 희망을 품을 수 있는 건
세상은 나쁜 사람보다
좋은 사람이 훨씬 많다는 걸
알았기 때문입니다

오늘
삶이 버거워 포기하고 싶은 누군가에게
따뜻한 손 내밀어 토닥여 주세요
그 손 잡은 한 사람이 다시 힘을 낼 수 있도록

진심 가득한 따뜻한 한마디면 됩니다
진심 가득한 따뜻한 눈빛이면 됩니다
진심 가득한 따뜻한 관심이면 됩니다

지금이 좋다

바람이 불면 부는 대로
비가 오면 오는 대로
지금이 좋다

궂은 날이라 생각하며
걱정이 앞섰던 지난날보다
순리대로 받아들이는
지금이 좋다

내 탓이라며
다그치고 고민했던 시간들은
결코 도움이 되지 않았음을 깨달은 지금

이유가 있겠지 생각하니
마음도 편해지고 모든 게 여유로워
세상이 아름답다

작은 것에 감사하니
좋은 기운이 넘쳐
웃음이 가득해서 좋다

지금이 좋다
내일도 분명 좋을 것이다

속 시끄러워요?

그렇군요
마음이 싸우는군요

일 때문에 시끄럽고
돈 때문에 시끄럽고
사람 때문에 시끄럽고

속이 시끄러우면
모든 게 싫어지지요?

왜 사나
이 정도밖에 안 되나
사는 게 참 한심해 보이지요

그래요
이해해요
그럴 때가 있어요
혼자만 그런 게 아니에요

주변에 속 시끄러운 사람이 있으면
왜 그러냐고
다그치지 말고
조용히 지켜봐 주세요

스스로 해결하는 방법밖에 없어요
누구의 위로도 귀에 들어오지 않을 테니

감사합니다

감사합니다
당신으로 인해 어두웠던 삶이
빛으로 가득 찼습니다

감사합니다
당신으로 인해 텅 빈 가슴이
사랑으로 채워졌습니다

감사합니다
당신으로 인해 울보였던 내가
밝게 웃었습니다

감사합니다
당신으로 인해 우리를
생각하게 되었습니다

감사합니다
당신으로 인해 나누는 삶이
행복이란 걸 알았습니다

감사합니다
당신으로 인해 올해도
건강한 마음으로 살았습니다

마음아 마음아

바람에 흔들리는 저 나무는
의지와 상관없이 흔들리는 거야
하지만 잠시 흔들려도 뿌리 깊은 나무는
자신을 잘 지키고 있어

마음아 마음아
너도 그럴 거야
온갖 유혹에 흔들리기도 하지

돈과 명예에 흔들리고
달콤한 말에 흔들리고
더 좋은 조건에 흔들리고

걱정 마
흔들리며 살아가는 게 우리네 인생이야
살다 보면 그런 날도 있는 거야

다만 마음아
중심을 잃지 않았으면 좋겠어
쓰러지지 않았으면 좋겠어
스스로 잘 지키고 있었으면 좋겠어

오늘도 맑음

어제의 안 좋은 기억을
오늘도 간직할 건가요?

어제의 아픈 가슴을
오늘도 쓸어내릴 건가요?

우울한 기분은
그날그날 떨쳐 버리세요

어제와 오늘은
분명 다른 날이거든요

오늘 기분은
내가 정하면 돼요
오늘 맑음 어때요?

푸른 하늘처럼
청명한 오늘을 만들어요
내일도 맑음 예약하세요

이유

당신이
힘들어도 살아가야 할 이유는 많습니다

당신을 믿고 사랑하는 사람이 있을 때
당신의 꿈이 아직 진행 중일 때
당신의 삶이 아직 빛을 보지 못했을 때

한 번인 인생 멋지게 살아봐야 하지 않겠습니까

포기하려고 무슨 핑계 대지 말고
살아야 할 무슨 이유를 찾아보세요

세상에는 당신보다 힘든 사람이 많지만
그들은 묵묵히 인내하며 기다립니다

지금이 가장 어두운 밤이라면
이제 동이 터오고
날이 밝아온다는 뜻이니까요

오늘 우리가 살아가야 할 이유
세 가지만 써보세요
늘 고민하고 걱정했던 부분이
선명하게 다가올 것입니다

당신이 살아가야 할 가장 큰 이유는
당신은 소중한 사람이기 때문입니다
당신은 사랑받아 마땅한 사람이기 때문입니다

가을 그리움

가을엔
쓸쓸함 감추고
외로움 들키지 않으려
산과 바다로
여행을 떠나요

가끔
푸른 하늘이 아프게 눈에 박히고
스치는 바람이 서늘하게 파고들며
누군가와 따뜻한 차 한 잔이 그리울 때

나는 당신 생각할게요
굳이 먼 곳 찾지 않아도 괜찮아요
늘 내 마음속에 있으니까요

가을그리움
누군가와
따뜻한 차한잔이
그리울때
당신생각
할께요

당연한 건 없습니다

누군가의 친절이
당연하다 생각하는 사람이 있습니다
그 사람은 자신의 불편보다
상대를 먼저 생각하는데 말입니다

누군가의 희생이
당연하다 생각하는 사람이 있습니다
그 사람은
상대의 아픔을 먼저 생각하는데 말입니다

부모가 자식을 먼저 생각하는 것도
남편이 가족을 위해 묵묵히 길을 가는 것도
아내가 꿈을 접어둔 채 사는 삶도
모두 당연하다 생각합니다

하지만
그 당연함 속에
자신을 포기하고
나보다 우리가 먼저인
상대를 위하는
속 깊은 마음이 숨어 있습니다

세상에
당연한 건 아무것도 없습니다

추운 겨울을 묵묵히 견디며
봄에 꽃을 피우는 저 작은 들꽃도
비바람과 고통을 참아 낸 결과입니다

우리는 늘
감사하며 살아야겠습니다

중년

청년도 아닌 것이
노년도 아닌 것이
가운데 걸쳐있어 애매한 자리

열심히 살아왔다 생각해도
허무가 밀려오고
알 수 없는 외로움에 방황하는 나이

가족을 위해 살아온 삶
품 안의 자식은 떠나고
빈자리만 크게 느껴지는 나이

친구 만나
술 한 잔에 속마음 털어놔도
뭔지 모를 답답함이 엄습하는 나이

새로 시작하기도
휴식을 취하기도
조심스럽고 부담스러운 나이

하지만
포기하고 살기에는 너무 아까운 나이
제2의 삶을 살아도 충분한 나이
못다 한 꿈을 이루기에 적당한 나이
온전히 나 자신을 돌아볼 수 있는 나이

니가 있어 참 좋다

비가 온다고 불쑥 찾아와
아메리카노 커피 한 잔 내밀며
"너랑 커피 한잔하고 싶어서"
말하는 사람

보고 싶었다거나
문득 생각나서
얼굴이나 보고 가려 했다는 말보다

어깨 툭 치며
"야 인마! 그냥 지나가다 들린 거야
내 친구 무탈한지 확인하고 가려고"
무심하게 말하는 사람

알아 친구야
무뚝뚝한 그 말속에
속 깊은 따스함이 담겨있다는 걸
늘 안부가 궁금했다는 걸

넌 그런 사람이야
가슴이 따뜻한 사람
호들갑스럽게 표현하지 않아도
나에게 깊은 여운을 남기는 사람

기회

멈춰서 있는 사람에게

기회는 오지 않는다

무엇을 하든 꾸준하게 임하면

처음에는 적응하기 바쁘지만

어느 순간 자신만의 길이 보인다

시도조차 하지 않으면서

안 된다고 불만을 터트리는 것은

무슨 배짱인가

열심히 하는 사람에게 기회가 오고

그 사람에게 무심한 듯 시선이 머물고

함께 일하자는 사람이 생긴다

자신도 모르는 사이에

남들 사이에 각인되어

능력과 성실함을 평가받는 것이다

당신은

말만 앞설 것인가

행동으로 보여줄 것인가?

동행하고 싶은 사람

언제부턴가
오랫동안 동행하고 싶은 사람은
맘 편하고 대화가 잘 되는 사람이더라

잘 나고
똑똑하고
성공한 사람보다

길거리표
커피 한 잔을 마셔도
향기가 전해지고 웃음을 주는
마음을 터놓을 수 있는 사람

이런 사람은
나이가 많든 적든
상관없고

비 온 뒤
맑게 갠 하늘처럼
청명한 마음이 느껴지더라

이 한 세상
나와 동행할 사람으로
가슴 따뜻한 참 좋은 그대

그대에게 나도
한 번쯤 기대고 싶고
오래도록 함께하고 싶은
맘 편한 사람이었으면 좋겠다

내 인생의 봄날은 오늘

옷장을 비웠습니다
비워진 옷걸이 수만큼
마음에 공간이 생겼습니다

신발장을 비웠습니다
많을 곳을 다녔던 신발들이
과거 속에 머물러 있어
새로운 길을 못 가는 거 같았습니다

책장을 비웠습니다
새로운 배움을 게을리하지 않기 위해……
밑줄 그어진 손때 묻은 책부터
20년이 넘도록 한 번도 펼쳐보지 않았던
책도 있었습니다

정리하다 보니
최소한의 것만으로도 살아갈 수 있는데
여기저기 욕심이 넘쳤음을 깨달았습니다

가장 중요한 날은 오늘인데
미련 때문에 버리지 못한 물건처럼
과거 속에 남겨둔 힘들고 아픈 기억 때문에
눈앞에 행복을 못 본 건 아닐까요

과거에서 꺼내
물건을 정리하듯 미련 없이 버리세요
내 인생의 봄날은 오늘입니다

향기

그가 떠나
빈자리에서
허전함을
느낄때
그곳의
향기가
전해진다

사람의 향기

그 사람의 향기를
곁에 있을 때는 몰랐다

그가 떠난 빈자리에서
허전함을 느낄 때
그만의 향기가 전해진다

훈훈한 온기와
배려했던 마음과
가슴으로 느꼈던 그 진심이

때론 진한 장미 향기처럼
때론 은은한 라일락 향기처럼
때론 아련한 들꽃 향기처럼 퍼진다

내가
떠난 자리
어떤 향기가 배어 있을까

인연통장

어느 날 문득
휴대폰에 저장된 전화번호를
확인한 적이 있습니다

그 많은 번호 중에
몇 번이나 통화하고
몇 번이나 만났을까
정작 필요할 때 거침없이 전화할 사람이
몇 명이나 될까

생각해보니
많지 않았습니다

우리는 살면서 인연을 맺으며 살아갑니다
그 소중한 인연들을 너무 쉽게 보내거나 방치해서
멀어진 사람들이 얼마나 많은가요

지금 인연 통장에
저축되어 있는 사람은 몇 명인가요
따뜻한 마음을
속 깊은 배려를

아름다운 사랑을
많이 저축해 놓은 사람은 마음 부자입니다

우리도 모르는 사이
인연은 그렇게 쌓여 갑니다
이 특별한 통장 하나 잘 간직하고 싶습니다

당신의 인연 통장에
내가 있으면 좋겠습니다
내 인연 통장에
오래오래 당신이 함께하면 좋겠습니다

오늘

많이 웃는 하루였으면 좋겠다
심각한 표정으로
시간을 보내지 않았으면 좋겠다

효율적으로 시간을 썼으면 좋겠다
그냥 흘려보내는 시간이 아닌
계획을 세우고 만족한 결과가 나올 수 있도록

칭찬받고
칭찬하는 하루였으면 좋겠다
자신감이 넘쳐 어떤 일이든 도전할 수 있도록

상처받지 않았으면 좋겠다
한마디 한마디에 상처받는
나약한 모습이 아니었으면 좋겠다
그러려니 하고 넘길 수 있으면 좋겠다

위축되지 않았으면 좋겠다
잠깐 실망하더라도 용기를 갖고
다시 도전할 수 있으면 좋겠다

모든 것은 생각에서 시작되니
생각 정리를 하여 좀 더 대범하고
과감하게 살았으면 좋겠다

누군가에게는
간절한 하루인 오늘
이 소중한 시간을
헛되게 보내지 않았으면 좋겠다

아프지마라 제발

표시 내지 않으려
더 크게 웃고 밝은 표정 짓는
너의 모습에 맞장구를 치지만
가슴에 알 수 없는 통증이 밀려온다

들키고 싶지 않다는 걸 알아
대책 없이 눈치만 빨라서
표정 하나 말투만 들어도
네 속이 어떻다는 걸 아는데

어떤 위로도
어떤 말로도
표현하지 못한 채
고작 네 곁에 있어 주는 게 다인데……

아프지 마라 제발
그만하면 평생 느낄 고통 모두 앓았다
이젠 속으로만 곪아 있지 말고
한 번씩 터트리며 살자

너의 소중한 인생
한 번뿐인 이 삶을
포기하기엔 너무 아깝잖아
다음 생을 기약하지 말고
남은 이생을 바꿔봐
늦지 않았어
늦지 않았어

우리들의 이야기

눈물이 많아졌습니다
메말라 버린 거 같았는데
작은 감동에도 눈물이 흐르고
슬픈 노래에도 눈물이 고입니다

웃음도 많아졌습니다
습관적으로 미소 지으니
화날 일도 줄어들고
웃을 일이 생겨 행복이 다가옵니다

사랑이 많아졌습니다
미움을 줄이게 되니
사랑한다는 말도 하게 되고
소중한 것들이 자주 보입니다

마음이 넉넉해졌습니다

늘 생각이 꽉 차 있어

마음에 여유가 없었는데

조금씩 비우니 공간이 생겨

조급하지 않고 여유롭습니다

이렇게 하루에 한 가지씩만이라도

소중한 것들을 마음으로 느끼겠습니다

감정에 충실하며

그렇게 나이 들어가다 보면

어느새 마음 부자가 되어 있겠지요

간절함이 주는 교훈

누군가 그랬다
간절하지 않으면 꿈도 꾸지 말라고

간절함은
그만큼 절실하다는 얘기다

선택의 여지가 없이
내가 해야만 하는 그 일
꼭 이루어야만 하는 일

어떤 핑계도
어떤 이유도 통하지 않는다

간절하지 않은 사람은
무엇 때문이라고 핑계를 댄다
노력도 하지 않으면서……

하지만 간절한 사람은
누구 탓할 시간도 마음도 없다
모두 내가 해야 하고
무조건 이겨내야 하며
모든 건 내 몫이기 때문이다

간절한 그대
선택의 여지가 없다
이유 불문하고 이겨내라
그것만이 살 길이다
시시한 것에 시간 낭비하지 마라

이기는 사람

비상한 머리를 믿고 게으른 사람보다
끝없이 노력하는 사람이 이기고

시작은 했으나 중단하는 사람보다
초심으로 꾸준히 하는 사람이 이기고

다른 사람을 앞서려고 무리하는 사람보다
자신부터 파악하고 고쳐가는 사람이 이기고

이유 없이 자존심을 지키려는 사람보다
먼저 손 내밀고 져주는 사람이 이기고

큰 소리를 내며 설득하는 사람보다
낮은 소리로 조리 있게 얘기하는 사람이 이기고

불쑥 끼어들어 대화를 중단하는 사람보다
조용히 들어주며 맞장구쳐주는 사람이 이기고

받는 것에 익숙한 사람보다
주는 것에 행복을 느끼는 사람이 이긴다

누구보다 잘나고 싶은 게 사람 마음이지만
가끔은 지는 것이 이기는 것이라는 걸
꼭 기억하자

내가 먼저 변하자

요구가 길어질수록
갈등은 증폭된다
나는 변하지 않으면서
상대에게 변하라는 것은
너무 이기적이다

모든 건
상대적이니 말이다
원하는 게 있다면
내가 먼저 해주고 원하자
생각보다 쉽게 풀린다

처음에는
이 사람이 안 하던 행동한다며
의아해할 수 있지만
반복되는 노력에 진심이 전달될 수 있다

잊지 말자
내가 먼저 마음을 열고
내가 먼저 미소를 보이고
내가 먼저 진심으로 대하면 된다

잊지말자
먼저
마음을열고
먼저
미소를보이고
먼저
진심으로대하면
된다

초심을 잃지 말자

처음엔
무지갯빛 꿈을 안고
거창한 계획을 세운다

하지만
시간이 지나면
언제 그랬냐는 듯 원위치다

마음이 시켜서 해놓고
마음이 포기하라 한다고
시도만 해놓고 중간에 포기한다

이유는 하나
초심을 잃었기 때문이다
꼼꼼하게 세웠던 계획은 어디로 갔는가

중간에 포기만 하지 않으면
반은 이룬 거나 마찬가지다
나머지 반은 꾸준함으로 승부하라
초심을 잃지 말고 마음 다지기를 하라

이루었을 때 기분 표정 성취감
미리 맛보아라
이미 이룬 것처럼

그러다 보면
그 좋은 기분이 계속될 것이고
좋은 에너지가 나와 어떤 것이든
원하는 걸 이룰 수 있을 것이다

새해다짐

남의 시선에 신경 쓰지 말자
내 할 일도 바쁘다

안 되는 일 붙잡고 시간 낭비하지 말자
되는 일에 몰두하고 열정을 쏟자

누굴 탓하는 버릇을 버리자
모두 내 판단에 의한 것
내 탓이다
책임은 나에게 있다

복잡하게 살지 말자
단순하게 생각하면 아무것도 아닌 일을
이것저것 생각하다 머리에 쥐 난다

새로운 일을 시작할 때
의기소침하지 말자
누구에게나 처음은 있다
시간이 해결한다

누군가와 오해가 생기면
그 자리서 풀려고 하지 말자
풀리지도 않고 오히려 역효과다

살다 보면 내 맘대로 안되는 거 투성이다
그때마다 절망하면 세상 살맛 안 난다
자기만의 극복 방법을 정해놓으면
쉽게 이겨낼 수 있다

꿈을 시각화하라

오래전 론다 번이 지은 책
시크릿에서 읽은 내용입니다

'꿈을 시각화하라'
'이미 이루어진 것처럼 행동하라'
'강하게 끌어당겨라'

우리의 뇌는
관심 있는 곳으로 열리게 되어있고
생생하게 상상하고 에너지를 모으면
강한 기운이 몰려와 뜻밖의 좋은 결과를
경험할 수 있다고 합니다

정말? 하고 반문하고 싶지요?
이래저래 밑져봐야 본전 아닌가요?
한번 끌어당겨 보세요
절실한 마음으로
이미 체험했던 사람들의
생생한 경험담도 많으니까요

신이 인간에게 준 가장 큰 선물 중 하나가
상상력이라 합니다
그 상상력을 안 좋은 기운으로 낭비하지 말고
영화를 보듯 기분 좋은 상상을 해 보세요

그리고 이렇게 외쳐 보세요
나는 운이 좋은 사람이다
나는 부자다
나는 원하는 것은 모두 이룬다

당신은 뭐든 할 수 있는 사람입니다

참 좋은 그대 차한잔 할까요

어둠이 밀려오는 시간

열심히 일하고 퇴근을 서둘지만

마음이 허전한 날

누군가 보내준

차 한잔하자는 문자가

유난히 고맙고 반가운 날

직장에서 할 수 없었던 말

혼자 간직하기에는 가슴이 답답하고

가족에게도 부담 갈까

털어놓기 쉽지 않은 속마음

누군가 잠시 들어만 줘도

가슴이 뚫릴 거 같은데……

그런 날

이런 문자는 센스 만점

"참 좋은 그대

 차 한잔할까요?"

나도 그대에게

센스쟁이가 될래요

꿈을 크게가져라 깨져도 그 조각이 크다

나는 이 말이 좋습니다
"꿈을 크게 가져라
깨져도 그 조각이 크다"

꿈조차
꾸지 않는 사람이
얼마나 많은가요

여유가 없어서
너무 늦어서
나이가 많아서
이유는 많습니다

하지만
그거 아시나요?
시도조차 하지 않으면
그 어떤 것도 이룰 수 없다는 걸

작은 마음가짐 하나가
작은 몸짓 하나가
어느새 시작이라는 날개를 달게 됩니다

그동안 가슴속에 간직만 했던 꿈을
과감히 끄집어내세요
묻어버리기에는 너무 아깝잖아요

시작해봐요
당장 작은 것부터 시작해봐요
꿈을 크게 갖되 작은 것부터 이뤄보세요
시간이 흘러 어느새 꿈이 눈앞에 보일 겁니다

하늘이 내려준 선물

까까머리 개구쟁이 친구도
단발머리 새침데기 친구도
마음만은 변하지 않고 그대로인데

한자리에 모인 우리는
각자의 방식대로 살아온 삶이
얼굴에 그려져 있구나

하나둘 생긴 주름은
지나온 삶의 흔적이고
곱게 나이 들어가는
온화한 인품의 여유로움은
긍정 에너지의 결과이리라

누군들 아프지 않았을까
누군들 힘들지 않았을까
가슴에 간직한 걱정은 떨쳐버리고
환하게 웃어보자 크게 웃어보자

지나온 날들이 가시밭길 같아도
아름다운 세상이라고 웃으며 말하고
비바람 견디며 당당하게 피어난
한 송이 들꽃 같은 친구들아

어쩌면 우리는
서로를 위로하고 다독이며
이 세상 아름답게 살아가라고
하늘에서 내려준 선물이 아닐까

짧은 인생

기억하라
남이 내 인생
살아주지 않는다

남의 눈치만 보고
살아가기엔
인생은 너무 짧다

남의
눈치만 보고
살아가기엔
인생이
너무 짧다

그리움

그리움의 대상이 있다는 것은
삶에 꼭 필요한 비타민을
간직하고 있는 것이다

누군가를 그리워하고
그리워해 준다는 것은
그동안 살아온 삶이 헛되지는
않았다는 것이다

이 세상에 없는 사람은
못 만나서 그립고
한때의 인연이었던 사람은
추억이 있어 그립고
늘 보는 사람은 더 자주 못 봐서 그립다

그리움은
누구나 마음속에 간직한
삶의 일부분이고
한 번씩 꺼내서 맘껏 그리워해도
소모되는 소모품이 아니라서 좋다

그리움이 아픔만 동반하는 게 아니라
추억과 사랑과 그 시절을 소환하기 때문에
마음이 풍족해지는 것이다

그리워하라 맘껏
부모님을
친구를
좋은 사람들을 ……

마음 먹은만큼

"행복하고 싶어요"
누군가 그렇게 얘기합니다

그래요
누구나 행복하고 싶어요
모든 사람의 삶의 목적은 행복 아닐까요

불행하다 생각하는 사람은
마음이 가난해서 그럽니다
남과 비교해서 그렇고
남을 부러워해서 그렇고
나는 왜 이렇게 살까 생각하며
만족을 못 하기 때문입니다

행복은 마음먹기 나름이라 하지요
내 마음에서 결정하면 바로 행복이 보입니다
그동안 느끼지 못했던 많은 행복을
불행하다고 밀어내니
맘속에 들어오지 못하고
밖에서 서성이고 있습니다

그래요
불행하다고 아파하면서
시간 낭비하지 마세요
마음만 바꾸면
지금 바로 행복해질 수 있어요

당신이
정말 정말 행복하면 좋겠습니다

멋진사람

좋은 에너지를 주는 사람은
멋진 사람입니다

무언가 할 수 있다는
동기부여를 주는 사람은
멋진 사람입니다

비난보다 칭찬을 아끼지 않는 사람은
멋진 사람입니다

잘 되는 사람을 본받으려고 하는 사람은
멋진 사람입니다

습관처럼 시기 질투하는 사람보다
그 사람의 좋은 점을 인정하는 사람은
멋진 사람입니다

못마땅한 사람을 면전에서 타박하는 사람보다
조용히 불러 조언하는 사람은
멋진 사람입니다

매사에 불만인 사람보다
그래도 감사하다고 긍정인 사람은
멋진 사람입니다

좋은 사람이 곁에 있어서 늘 행복하다고 말하는 사람은
멋진 사람입니다

멀리서 찾지 마세요
가까이에 있는 멋진 사람을 몰라보는 사람은
바보입니다

첫인상

처음이라는 단어는
설레면서도 조심스럽다

처음 사람을 만났을 때는
몇 초 만에 각인되는 첫인상으로
평생을 기억하기도 하고

보이는 게 전부가 아님에도 불구하고
그 사람의 내면을 보지 못한 채
겉모습으로 판단하는 오류를 범한다

다시 만날 기회가 있다면
서서히 알아가겠지만
그게 아니라면 얼마나 불합리한가

어쩌면 나도

누군가에게 까칠하게 기억되기도 하고

한 번쯤 더 만나보고 싶은 사람으로

남아있기도 할 것이다

지우개로 지우기가 어려운 첫인상은

내 언행과 스타일 밝은 표정으로

좋은 기억을 남길 수도 있는 것이다

비 오는 날

그립다
보고 싶다
만나고 싶다

비는 그렇게
수많은 얼굴로
그리움을 담아낸다

비 내리는 날은
친구를 부르고
추억을 부르고
음악을 부르고
사랑을 부른다

퇴근 무렵
사람 사는 냄새가 나는 선술집에서
온갖 시름 모두 잊고
좋은 사람들과 세상 사는 이야기 나누며
소주 한잔하고 싶은 날

12월의 다짐

지난 시간 아쉬움보다
아직 남은 한 달에
감사하며 지내겠습니다

돌아보는 여유와
반성하는 마음을 갖고
하루하루를 살겠습니다

나만을 생각했던 이기심에서
우리를 생각하는 마음으로
가슴을 활짝 열겠습니다

버릴 것에 미련 두지 않고
비움으로써 자유로워지는 걸 느끼겠습니다

보내는 마음과
맞이하는 기쁨이 교차하는 12월을
기꺼이 두 팔 벌려 반기겠습니다

빈자리

그땐 몰랐습니다
과묵하다고만 생각했지
가끔은 속을 몰라 답답했는데
말 한마디도 신중했던 걸

그땐 몰랐습니다
한 번씩 툭툭 던지던 그 유머 속에
아픔을 간직하고 있다는 걸

그땐 몰랐습니다
어린 사람에게도 사과하는 모습에서 보인
그 사람의 됨됨이를……

그땐 몰랐습니다
싫은 소리 들으면서도
바른말을 했던 그 마음을

이제는 알겠습니다
다시 볼 수 없는 사람의
빈자리가 너무나 크다는 것을

이제는 알겠습니다
보고 싶어도 볼 수 없는 아픔이
가슴에 공허함만 가득하다는 것을

이제는 알겠습니다
곁에 있을 때 말 한마디라도
따뜻하게 해줘야 한다는 것을

이 세상 떠나는 것은 순서가 없다지만
누군가의 가슴에 그리움을 심어놓고
문득문득 생각나게 하는 것은

그 사람이 이생에서 심어놓은
사랑이라는 씨앗이 뒤늦게 피어
향기와 깨달음을 주고 있다는 걸

하늘의 별이 된 사람
한 번쯤
한 번쯤은
너무 커져 버린 빈자리에
기적처럼 머물러 준다면 얼마나 좋을까요

희망찬 내일

잊어버리자
힘들고 아팠던 기억

묻어버리자
화나고 미웠던 기억

기억하자
배려하고 사랑했던 기억

함께하자
용기 주고 아껴주던 마음

시작하자
잃어버린 나의 꿈

파이팅하자
희망찬 내일

잊어버리자
힘들고 아팠던
기억
묻어버리자
하나의 아렸던
기억

애쓰지 말자

언제부턴지
내려놓기 시작했습니다
누군가를 만나면
잘 보이고 싶어 애쓰던 마음을……

그냥 자연스럽게 대하고
부담을 느끼지 않으니
오히려 편안한 만남이 되더군요

상대에게 호감을 얻으려 애쓰면
행동에 과장하는 부분이 생기고
오히려 어색해져서
좋은 만남을 그르치는 경우도 생깁니다

이제는
있는 그대로 보여주며
굳이 애쓰지 않아도 되는
자연스럽고 편안한 만남이 좋습니다

이런 하루

비난하는 시간보다
칭찬하는 시간이기를

조급한 마음보다
느긋한 마음이기를

무거운 발걸음보다
경쾌한 발걸음이기를

나만을 고집하기보다
우리를 생각할 수 있기를

실망한 하루보다
성과 있는 하루이기를

부족함을 자책하기보다는
수고했다 위로하는 하루이기를

하루를 정리하는 시간에
따뜻한 미소가 가득하기를……

한번 더

한 번 더 연락하고
한 번 더 표현하고
한 번 더 사랑하고

한 번 더 미소 짓고
한 번 더 마주 보고
한 번 더 진심을 전하고

이 한 번이 모여
감사하는 마음으로 이어져
지나고 나서 후회하지 않기를

사소한 것에 연연하지 말고
서운한 것에 마음 쓰지 말고
대범하게 이해할 수 있기를

잘못된 지난 삶에
자책하지 말고
시간 낭비 말고
발전적인 생각으로 극복하기를

한 번 더 생각하고
한 번 더 반성하고
한 발 더 앞서 가기를……

지금을 즐겨라

행복은 내일부터?
아니
지금부터

지금을 즐겨라
미루지 마라
그날그날 행복을 외면하지 마라
살만하니 떠나는 게 인생이더라

고생고생해서
집 장만하고
애들 키우고
이제 한숨 돌리며 여행하며 살자 했는데

미뤄놨던
취미생활도 여행도
모두 물거품이더라
건강이 좋지 않아 아무것도 못 하고
세상에서 제일 비싼 병원 침대 신세더라

오늘
지금
이 중요한 시간을
최대한 즐기며 살아라
작은 행복에 감사하며 살아라

눈을 뜨고 하루를 맞이하는 일
두 발로 가고 싶은 곳 맘껏 갈 수 있는 일
맛있는 거 실컷 먹을 수 있는 일

감사한 일 투성이고
감동의 연속이다
세상에 당연한 건 없다

당신 참 이쁘다

여린 것 같으면서도 씩씩하고

차가운 거 같으면서도 따뜻하고

무심한 거 같으면서도 속 깊고

당신을 볼 때마다

마음에 감동이 밀려와

한마디 말에도 상대를 생각하는

깊은 배려심이 느껴지거든

무엇보다 당신을 좋아하는 이유는

힘든 내색 않고 밝다는 거야

그 속마음은 오죽할까 싶어

안쓰러움이 앞서기도 하지만

그래도 웃을 줄 알고

괜찮다고 말하는 당신이 참 예뻐 보여

한 번쯤은 깊은 속내도 털어놓고

마음의 짐을 내려놓았으면 해

사람 사는 거 다 거기 거기야

가슴에 상처를 안고 살아가

그런데도 힘낼 수 있는 건

좋은 사람들이 곁에 있어서일 거야

참 예쁜 당신

오늘은 내가 곁에 있을게

내가 위로가 되어 줄게

작은 내 어깨를 내어 줄게

들꽃같은 사람아

한 번 넘어졌다고
그냥 주저앉지 않고
훌훌 털고 일어나는 용기를 가진 사람아

세상사 내 맘대로 안 된다고
절망하지 않고
묵묵히 자신의 길을 걷는 사람아

지나온 날들이 가시밭길 같았는데
눈물 나도록 아름다운 세상이었다고
담담하게 말하는 사람아

그렇게 많은 일을 겪고도
당당하게 다시 일어서는
오뚝이 같은 사람아

들꽃같이 여린 듯 강하게
비바람과 태풍을 견디며
세상에 맞서는 사람아

오늘도 어깨 펴고 힘찬 발걸음으로
희망 앞으로 걸어가 보자
하늘은 노력하는 사람을 외면하지 않으니까
언젠가 옛 얘기 하며 웃게 될 거니까

들꽃 같은 당신은
세상의 거울이며
용기며 희망이니까

들어주는 것으로 충분하다

누군가의 말을 들어주려면
오직 듣는 것에만 집중하라
가끔 공감을 표시하며
맞장구를 쳐줘라

어설픈 조언을 하겠다고
이건 이렇게 하라
저건 저렇게 하라
말이 많아지면
상대의 감정을
더 복잡하게 만든다

들어주는 것으로
감사를 느끼게 하라
털어놓는 것만으로도
속이 시원하게 하라
스스로 문제를
해결하게 해야 한다

내 감정을 따라
설득하려 하면
오히려 역효과가 생긴다
그냥 들어주면 된다

불통

있잖아
가장 외로울 때가
언젠지 알아?

그건
같은 공간에서
너와 나
다른 생각을 하고 있을 때야

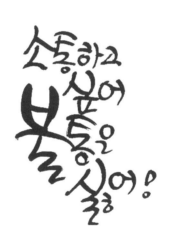

소중하고
싶어
봄들은
싶어?

그리운 사람

살다가
문득 떠오르는
그리운 사람 하나
가슴에 품고 살아도 좋을 것이다

무심히 지나는 거리에서도
늘 먹던 음식을 대할 때도
흘러간 노래가 들릴 때도

애틋한 마음으로
그리운 사람 하나
떠올려도 좋을 것이다

낡은 흑백사진처럼
기억되는 사람
마음에서 꺼내 봐도
추억 속에 함께한 사람

가끔
웃게도 하고
울게도 하는 사람 한 명쯤
간직하고 사는 것도 좋을 것이다

따뜻한 마음이 필요해요

따뜻한 한마디면 돼요
모두 힘들다는 얘기보다
"그래 혼자서 많이 힘들었구나
함께 이겨내자"라는
그 한마디면 돼요

따뜻이 안아주면 돼요
어떤 말을 해야 할지
생각나지 않으면
그냥 토닥토닥 안아주면 돼요

곁에 있어주면 돼요
언제든 달려와 얘기 들어주고
든든한 내 편 있다는 마음 들게
해주면 돼요

많은 걸 바라지 않아요

비난이 아닌
따뜻한 격려가 필요해요
무관심이 아닌
따뜻한 관심이 필요해요

편지쓰고 싶은 날

어느 가을날
공원 벤치에 앉아
문득 당신이 생각나서 편지를 썼다고 하면
당신은 그 특유의 하얀 이를 드러내고
큰 소리로 유쾌하게 웃어줄까요?

가을바람에 맘이 시려서
공허한 마음 다독여 달라고
투정 부리고 싶다 얘기하면
당신은 언제 철들래 하면서도
그윽한 눈으로 바라봐 줄까요?

유난히 차가운 손을 내밀며
호호 불어 달라고 떼쓰면
조용히 손잡아 주머니에 넣어주며
따스함을 느끼게 해줄까요?

문득문득
아무것도 아닌
사소한 마음 적어 보내면
그 마음 이해해 줄까요?

편지 쓰고 싶은 어느 날
편지 쓰는 시간만큼
온전히 당신 그리워했다 말하면
어떤 표정 지을까요

이 가을
고맙고 미안한 마음 담아
당신에게 그리움이 묻어나는
편지를 쓰고 싶네요

함께 가자

지치고 지친 발걸음
우리 둘이 함께 가면
힘이 덜 들까?

답답한 속마음
서로 털어놓으면
한결 더 가벼워질까?

부족하다 아쉬워 말고
서로 나누며 살아가면
마음 부자가 될까?

친구야
우리 함께 가자
너와 나 동행한다는 것 자체로
힘이 될 거야

이 세상에서

좋은 친구로 만나

살아간다는 건 축복이야

가자

함께 가자

남아 있는 삶이 길든 짧든

우리 서로 따뜻한 마음 나누며

살아가자

내게 와줘 고맙고

친구 되어 행복한데

사랑하는 우리라고

거침없이 말할 수 있어

더욱 좋아

따뜻한 하루

어느 봄날
들판이 온통 초록의 보리가 물결칠 때
푸른 마음과 변치 않는 사랑을 가진
참 좋은 사람들을 만났습니다

언제봐도 편안하고
따뜻한 미소가 아름다운 사람들
오랜만에 만났어도 어제 본 듯
가깝기만 한 좋은 사람들

긴 세월만큼이나
사연도 많고 추억도 많아
밤새도록 추억보따리 풀어놓아도
부족한 시간이었고

가장 힘들고 어려울 때
응원을 아끼지 않고
어깨를 토닥이며 위로하던 그들은
언제봐도 다정한 사람들이었습니다

오래오래 건강하게 함께하자며
아쉬운 작별을 했지만
돌아오는 길은 감사와 사랑이 가득한
따뜻한 하루였습니다

늘 표현에 서툴러 못한 이 말
사랑합니다
사랑합니다!

뒷모습

뒷모습에 고스란히
한 사람의 삶이 묻어있다
뒷모습에도 표정이 있다

두꺼운 외투에 가려 있어도
그 걸음걸이
길게 드리워진 그림자
그 속에 숨겨진 감동과 슬픔의 순간들

만났다 헤어질 때
뒷모습 보이지 않으려는 것은
마음 들키지 않으려는 까닭이다

가슴 깊이 감춰진 눈물샘
돌덩이를 맨 듯 무거운 어깨
꼭꼭 숨겨놓은 아픔을
알아버리는 건 아닐까

보이고 싶지 않은 뒷모습
문득 뒤돌아보게 될 때
슬프고도 아름다운 한 사람
그의 삶이 감동으로 다가온다
어느 인생이 귀하지 않겠는가

어깨를 펴라
어제 보여준 뒷모습이 과거라면
그대 지금 뒷모습은
당당하게 살아갈 미래이다

너는

여전히 유쾌하고
여전히 솔직하고
여전히 편안하고
여전히 한결같고
여전히 인상 좋고
여전히 심성 곱고
여전히 해박하고
여전히 지혜롭고
여전히 겸손하고
여전히 정의롭고
여전히 성실하고
여전히 인정 많은
참 좋은 내 친구야
행복해 니가 있어

유쾌하고
솔직하고
지혜로운
니가 있어
참 좋다

지혜로운 사람

지혜로운 사람은
시간을 쪼개서 사용할 줄 알고
시간을 낭비하지 않는다

지혜로운 사람은
사람과의 인연을 소중히 여기며
선입견으로 함부로 대하지 않는다

지혜로운 사람은
가슴이 차가운 사람을
따뜻하게 만드는 능력이 있다

지혜로운 사람은
실패를 무서워하지 않으며
도전하는 것에 망설이지 않는다

지혜로운 사람은
과거에 집착하지 않고
현재에 충실하며
내일을 맞이한다

지혜로운 사람은
직언하는 사람을 가까이하고
아부하는 사람을 멀리한다

행복플러스

누구나
행복을 꿈꿉니다

누구나 행복하려고
일하고
운동하고
인간관계를 맺습니다

행복은 늘 가까이에 있습니다
좋은 글
좋은 음악
좋은 사람들

이 소소한 일상이 바로 행복입니다

행복의 조건은 여러 가지라도
많이 가져야 행복하다는 생각은
버리는 게 좋습니다

기대치가 높으면 행복과 멀어집니다
채우기만 하는 것도 삶이 버겁습니다
바라는 게 많으면 불만도 커집니다

행복의 파랑새만 먼 곳에서 찾다 보면
정작 가까이 있는 소소한 행복을
놓치게 됩니다

둘러보세요
편안한 가족의 일상
따뜻한 마음이 있는 이웃
서로를 돕는 우리

비움으로써 채워지는
소소한 행복을

시월의 어느날에

"가진 게 없는 사람의 가을은 더 추워
아름다움을 느끼기엔 너무 짧고
살을 에는 긴 겨울이 우뚝 서 있거든"
무심하게 던진 혼잣말에
내 맘도 찬바람이 가득하더라

가을은 넉넉한 아름다움을 주는데
유독 너에게선 빈 마음이 느껴지는 건
시월의 소주가 유난히 쓰다며
한입에 털어 넣는 모습이 아니더라도
늘 과묵했던 너의 한마디가
가슴에 비수로 꽂혔기 때문이야

가난한 마음 무심히 내보이며
따뜻한 어묵 국물 앞에 두고
삶을 얘기했던 네가
다시 볼 수 없는 너무 먼 곳으로 가버린 네가
문득문득 생각나 눈물을 훔치게 만드는 네가
이 계절엔 더욱 보고 싶다

이 멋진 시월이
너에게는 아픔이었고
내려앉은 어깨의 짐이었고 걱정이었지
다시 올 거 같지 않던
아픈 시월이 또 이렇게 저물어간다
그리움을 안긴 채

너와 마주 보고
소주 한잔하고 싶다
툭툭 던져내던 속내 들어주고
꼭꼭 감춰뒀던 속내 보여주며……

가을이 오면

가을이 오면

뜨거웠던 여름의 팔딱이던 성질 죽이고

그 어떤 말에도 흔들리지 않는

고요한 성품으로 거듭나고 싶다

가을이 오면

늘 푸른 나무일 거 같은 내 삶을

바람 불며 낙엽 지는 어느 십일월 거리에서

한 번쯤 뒤돌아보는 삶을 살고 싶다

가을이 오면

영원히 곁에 머무를 거 같았던

참 좋은 사람들이 어느 날 훌쩍

떠날 수도 있음을 깨달았으면 좋겠다

가을이 오면

겨우내 모진 눈보라 견디며

초록의 봄을 기다리는 앙상한 가지의

인내심을 배웠으면 좋겠다

내 인생에

몇 번의 가을을 맞이할 수 있을까

몇 번의 가을을 또 보내게 될까

새해 편지

지난 일은 묻어두라 합니다
새해는 새로운 마음으로 시작하라 합니다

힘들었던 일
가슴 아팠던 일
마음 괴롭혔던 일
자꾸 파헤치며
자신을 괴롭히지 말라 합니다
그냥 묻어두면 시간이 해결한다 합니다

새해에는
자신을 위해
우리를 위해
열심히 살라 합니다

새로 쓸 인생 일기장을
백지로 두고
무엇을 채울지는 나에게 정하라 합니다

내년에 오늘이 오면

일기장을 보며

행복한 미소짓기를 희망하면서……

우리

사랑이 넘치는 말
따스함이 묻어나는 말
친근감이 느껴지는 말
기분이 좋아지는 말
자주 듣고 싶은 말
우리

우리 친구
우리 가족
우리 고향
우리 회사
우리 이웃

우리라는 말속엔
많은 뜻이 담겨 있다
좋아하고 아낀다는
속 깊은 마음도 함께

너와 나
우리
차~암 좋다!

자기 자신을 사랑하자

비난은
잘할 수 있는 마음을 닫게 하고

부정은
이겨낼 수 있는 능력을 낮추고

미움은
용서할 수 있는 타이밍을 놓치게 하고

포기는
자존감을 바닥에 떨어뜨린다

자기 자신을 사랑하자
자기 자신을 다독이자
자기 자신을 귀하게 여기자

나를 사랑하는 마음에서
모든 것은 시작된다
내가 나를 홀대하면
남도 나를 무시한다

편한 사람

길거리표 커피 한 잔
국수 한 그릇을 먹어도
미안하지 않고 편안한 사람

어묵 국물에 소주 한 잔 마셔도
환하게 미소 짓는 사람

명품 가방에 명품 옷이 아니어도
당당하고 자신감 넘치는 사람

이런 사람이
너와 나
우리라면 좋겠다

맘편한
사람이
친고야
이런편한
사람이
너와나
우리라면
좋겠다

비우면 행복해져요

세상에서 가장 어려운 일 중 하나는
마음 비우는 일입니다

모든 병의 근원은
스트레스라 하는데
근본 원인이 마음에 가득한
부정적인 생각 아닐까요

불필요한 생각까지 마음을 채우고 있으니
숨 쉴 공간이 없어 과부하가 걸리네요

좋은 생각
나쁜 생각
슬픈 생각
분노와 미움이 함께 하다 보니
늘 마음은 좋은 향기 대신
불편한 향이 풍겨서 괴롭기만 합니다

마음을 비우는 방법은
여러 가지입니다

그중 하나는
가장 행복하고 편안한 때를 떠올리는 겁니다
자신을 괴롭히는 일이 잊히도록……

수시로 습관처럼 행복한 상상을 하세요
그 작은 습관이 확대되어
더 큰 행복으로 마음이 편안해질 겁니다

그러다 보면 어느새
힘든 기억에서 벗어나
마음에 쉼을 갖는 여유 공간이 생길 겁니다

부정적인 생각이 꼬리를 물수록
그만큼 행복에서 멀어져요

단순하게 살아요 우리
좋은 생각만 하고 살아도
짧은 인생이거든요

인생

괴로워서 술을 마신다는
사람이 있습니다
아파서 하염없이 걷는다는
사람이 있습니다

사람마다 상황이 다르고
상처의 깊이도 다르지만
스스로 극복하는 방법을 찾아
지혜롭게 살아가고 있습니다

살다 보면
내 아픔과 고통이
가장 큰 걸로 알고 살아갑니다

그렇게
혼자만의 고통 속에서 허우적거리다
나보다 더 힘든 사람이 많다는 걸
깨달았습니다
문득 누군가에 가슴에 박혀있는
더 커다란 상처를 봤을 때입니다

살아가는 방식이 다를 뿐
누구나 외로움을 안고 살아갑니다
표현하지 않을 뿐
누구나 고통을 당하며 살아갑니다

좋은 일만 있을 수 없고
슬픈 일만 있을 수 없는
그것이 바로 삶이고
그것이 바로 인생입니다

이별 후에

이별이라고
다 같은 건 아니다
이별에도 품격이 있다

착한 이별
상대의 행복을 비는 이별
좋은 감정은 남았지만
어쩔 수 없이 헤어져야만 한다면
친구가 될 수도 있다

애틋한 이별
사랑해도 헤어져야 하는 이별
사랑한다고 모두 같이 사는 건 아니다
함께하지 못해 더 애틋한 그리움이 따른다

쿨한 이별
이해의 폭을 좁히지 못해
다투고 헤어지지만 미움은 없다
나중에 봐도 안부를 묻는다

증오 이별
사람이 밉고
견딜 수 없어서 하는 이별
증오심이 함께 있으면
더 괴로운 이별
두고 보자는 마음이 깔렸다

삶에 자연스러운 만남과 헤어짐
수많은 인연이 반복되어도
기억에 남는 사람은 많지 않다

이별 후에도
좋은 감정으로 남아
한 번쯤 보고 싶은 사람이었으면 좋겠다

늦은 깨달음

쉼 없이 달리다가
어느 날 문득
이런 말을 되뇔지도 모릅니다

너무 많은 걸 놓쳤습니다
너무 소중한 걸 잃었습니다
너무 늦었다는 걸 이제야 알았습니다

그런 날이 오면
당신은 어떨 거 같습니까?

인생에서
가장 소중한 것이 무엇인지 깨달았을 때
되돌릴 수 없이 늦었다면
그 아픔과 절망을 어찌 감당하시겠습니까

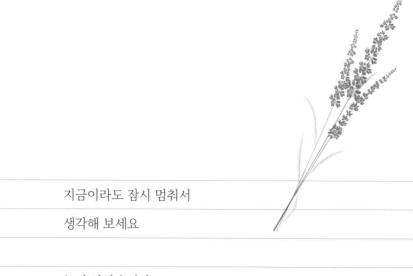

지금이라도 잠시 멈춰서

생각해 보세요

늦지 않았습니다

둘러보세요

놓치지 마세요

후회할 일 만들지 마세요

그리고 바로 실천하세요

한 번밖에 없는 당신의 인생입니다

사람을 잃지말자

우리는 가끔
"그만한 사람 없어"라고 말한다

정 많은 따뜻한 사람
프로답게 일 잘하는 사람
어려운 일을 지혜롭게 잘 극복하는 사람

그런 사람을 곁에 두고도
알아보지 못하다가
사람을 잃고 난 후에야 깨달으니
어쩌면 좋은가

있을 때 잘할 걸
후회가 밀려오면 이미 늦은 때이다
좋은 사람 곁에 두고 몰라보면
나중에 큰 후회를 하게 된다

세상에는 되돌릴 수 있는 일이 있고
없는 일이 있기 때문이다
주위를 둘러보라
좋은 사람이 곁에 있다는 건 축복이다

잃지 말자
지혜로운 사람을 잃는다는 건
인생길에 동행할
멋진 동반자를 잃는 것이다

그 누구도 완벽할 수 없어

절망하지 마
원하는 만큼 되지 않는다고

슬퍼하지 마
내 맘 같지 않다고

기대하지 마
너무 큰 기대는 실망도 커

애쓰지 마
안되는 건 안되는 거야

강요하지 마
내가 하기 싫은 일은 남도 싫어해

막말하지 마
한 번 떠난 말은 되찾을 수 없어

자신을 돌아봐
부족한 거 투성이잖아
그 누구도 완벽할 순 없어
다만 한 번 한 실수는
두 번 반복되지 않게 하면 되는 거야

자기 자신부터 고쳐나가면 돼
남을 바꾸라고 말하기 전에 스스로를 바꿔봐

아프지 말자

너도
나도
우리 모두
몸도 마음도
아프지 말자

오늘을 살아내는 일이
좋은 일만 있다면 좋겠지만

예기치 못한 일로
가슴을 치는 일도 있고
이미 일어난 일에
깊은 후회와 회한으로 많은 시간을 보낸다

덜 아프고
덜 힘들고
조금 더 무뎌져서
무슨 일이든 잘 이겨낼 수 있으면 좋겠다
훌훌 털어버렸으면 좋겠다

덜 아프고 덜 하늘고
잘 이겨 내면
좋겠다

이별

어떤 이별도
기분 좋을 수 없다

인연이 다해 헤어지지만
길고 짧음을 떠나서
한 사람의 삶에 많은 영향을 미치기 때문이다

좋은 인연이든
악연이든
상처를 남기는 건 사실이고
사람에 대한 믿음에 물음표가 생긴다

좋은 인연은 아쉬움이 남지만
힘들게 한 악연은
새로운 만남에 제동을 걸며
만남을 꺼리는 생채기를 남긴다

잘 극복하려면
생각을 잘 정리해야 한다
어쩌면 오래 힘들었던 악연을
정리하라고 잠시 아픔을 준 것이라고

헤어짐은 반드시
또 다른 만남이 기다리고 있다는 걸
기억하면 좋겠다

내가 좋은 사람이면

언젠가 병상에 계신 엄마가
하신 말씀이 생각납니다
"좋은 사람이 되고,
좋은 사람을 만나라"

어떻게 좋은 사람인 줄 아느냐고
짓궂게 묻자 이렇게 대답하셨죠
"먼저 좋은 사람이 돼주면 돼"

아……
간단하지만 현답이었습니다

하지만 좋은 사람이 되기는
생각보다 쉽지 않았습니다
많은 노력이 필요합니다

희로애락을 같이 나누고
진심으로 대하면 될 거라 생각했는데

어렵게 한 부탁을 거절도 해야 했고
살갑게 다가온 사람의 본심을 알았을 때
인간관계의 어려움을 느끼며 한계에 부딪혔죠

이젠
곁을 지켜주는 좋은 사람들에게 감사하며
부족함이 많은 나에게
이렇게 말하며 다짐하렵니다

"다시 해보는 거야
내가 먼저 마음문 열고
좋은 사람이 되어 주는 거야"

자존심

내가 옳다고 우기다 보면
감정의 골이 깊어져 회복하는데
시간이 걸린다

아무리 생각해도 내 잘못은 아닌데
끝없이 상대가 우기면
방법이 없지 않은가

그 자리에서 아니라고 한들
대화가 제대로 되겠는가

이럴 때는 잠시 시간을 벌어보자
만약 나라면 어떻게 할까
상대 입장에 서 보자

다는 아니라도
어느 정도 이해가 되기 때문이다
서로 옳다고 양보 없이 우기면
어설픈 자존심에 마음만 다친다

자존심을 지키는 방법은
생각을 정리하여 조용히 얘기하고
상대가 이해하고
수긍하도록 시간을 주는 것이다

토닥토닥

믿었던 사람에게 마음을 다쳤을 때

분노와 배신감은 감당하기 어렵다

주변의 어떤 말도 위로가 되지 않고

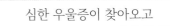

깊은 어둠 속에서 헤매게 된다

심한 우울증이 찾아오고

그 누구도 믿지 못하고 마음을 닫게 되는데

결국 나 자신만 힘들게 할 뿐이다

생각해보라

그 사람과 함께 할 것인지

자신의 인생에서 삭제할 것인지

그다음 답은 나와 있다

함께 할 거면 고통도 감수하면 되고

그렇지 않다면 과감하게 정리하면 된다

이 복잡한 세상에서

불필요한 부분까지 감당하려 하니

감정 소모가 많아지는 것이다

쉽게 상처받고 아파하는 자신을

토닥이고 위로하며 사는 것도

덜 아프게 살아가는 방법이다

사랑입니다

생각해서 해주는 좋은 말도
잔소리로 생각하면 듣기 싫습니다
하지만 지나고 나서 생각하니
모두 맞는 말이었습니다

듣고 싶은 말만 듣고
간직하고 싶은 말만 간직하니
진정 사랑으로 조언한 말은
귀에 들리지 않는 겁니다

마음에 가시가 있으면
수시로 찔러대 아픕니다
남도 상처 내고
나도 상처 내니
늘 상처투성입니다

누구나 자기중심적이어서
남이 주는 상처는 아프다 하면서
내가 준 상처는 기억도 못 하며
남 탓만 합니다

모든 건 내 마음이 시키는 일입니다
사랑이라 생각하며 받아들이면
고맙고 감사함이 넘치게 됩니다
마음도 평화롭고 행복하지요

모든 걸 사랑으로 받아들이세요
당신을 사랑하는 맘이 없으면
무관심할게 분명하니까요
당신에게 주는 사랑이고 관심입니다

가을에는 감사일기를 써요

가을이 가슴으로 깊이 안겼습니다
작은 것 하나도 감성으로 다가오고
기쁨도 슬픔도 두 배가 되는 계절

가을에는
그동안 놓치고 살았던
감사일기를 쓰겠습니다

순간순간 느꼈던 불평을 내려놓고
소소하게 느꼈던 감사하는 마음을
하나씩 적어보겠습니다

아름다운 자연을 느낄 수 있는 기쁨을
늘 가까이서 함께 하는 소중한 사람에게
좀 더 잘하라고만 다그쳤던 안쓰러운 자신에게
이 모든 것들이 감사할 뿐입니다

살다 보니 실망스러운 일도 생기고
예기치 못한 상황으로 당황하고 힘들기도 했지만
그래도 그만하길 다행이라며 감사하겠습니다

이 가을에 감사 일기 어떠세요
적다 보니 감사할 일 정말 많네요
작은 행복이 주변에 둥둥 떠다닙니다

당신
덕분에
좋아하루가
덜거같아요

덕분에

기분 좋게 하는 말
겸손이 느껴지는 말
"덕분에"
이 아름다운 말을
우리는 아껴도 너무 아낍니다

당신 덕분에 활짝 웃었습니다
당신 덕분에 행복한 시간이었습니다
당신 덕분에 보람된 하루였습니다
당신 덕분에 삶에 활력이 생겼습니다

이 말속에는
감사하는 마음과
배려하는 마음이
담겨 있습니다

오늘 한번 얘기해 보세요
"덕분에 좋은 하루 될 거 같네요"

함께해요

늘 곁에 있어
소중함도 모른 채
살아온 날들이 얼마나 많았나요

물건이야 잃어버려도
새로 장만하면 되지만
사람은 그게 안 되잖아요

늦은 깨달음에
가슴 아픈 일이 생긴다면
안타까움은 말로 표현 안 되지요

늘 좋았던 사람
늘 내 편이었던 사람
진심 어린 충고 해주던 사람

이런 게 사랑입니다
무관심하다면 곁에 머물지도 않았겠지요

주변을 둘러보아요
좋은 사람이 얼마나 많은지

우리
그 사람에게
더 좋은 사람이 되어주고

함께 해요
오래오래 함께해요
참 좋은 인연 놓지 말아요

비가 오면

꿈꾸는 소녀가 되지요
동화 속 주인공 되어
푸른 초원 뛰어다니는
순박한 아이가 되지요

작은 꽃잎 되지요
길가에 이름 없는 꽃 되어
수줍은 듯 미소 짓는 봄 처녀처럼
내리는 빗방울과 손을 잡지요

방랑자가 되지요
어디론가 무작정 떠나고파
강과 바다를 찾기도 하고
삶의 무게를 조용히 토닥이며
발길 닿는 대로 무작정 걷기도 하지요

야생마가 되지요
그래도 인생은 살만하다며
끝없이 빗속을 질주하며
또 다른 다짐을 하게 되지요

주인공이 되지요
비 오는 날은
수십 개의 별명이 붙어
비가 오면 생각나는 사람이 되어있지요

언제부터인지
이유 없이 시작된 비사랑은
앞으로도 계속 되겠지요
하늘이 부를 그날까지……

내가 더 사랑할게

그땐
그랬었어

살아온 환경이 너무 달라
늘 갈등이 생겨
서로에게 상처를 줬었고

달라도 너무 다른 성격에
우린 부딪히지 않으려고
참 많이 애썼어

몇 번 닥친 위기도
슬기롭게 잘 넘겼던 건
마지막을 얘기하지 않고
인내하며 배려했기 때문이었지

그리고
멀리 있는 듯
가까이 있는 듯
묵묵히 내 곁을 지켜줬었지
기나긴 시간 잘 견뎌줘서 고마워

이젠
당신이 하고 싶은 거
당신이 바라는 걸 제일 먼저 해 줄게
그리고 내가 더 사랑할게
부족했던 만큼 아니 그 이상으로……

편히 쉬세요

걱정 버리고 가볍게 가세요

미련 버리고 훨훨 날아가세요

감당하기 버거웠던 이승의 짐

모두 내려놓고

깃털처럼 가볍게 떠나세요

가끔 떠올리며 소주잔 기울일 때

그대 자리 비워두고

소주 한 잔 가득 채울게요

따뜻하게 기억하는 좋은 사람들과

함께 한잔해요

비가 오면 빗물로

바람 불면 바람으로

눈이 부신 푸르른 날은

하얀 뭉게구름으로 오세요

잊지 않을게요

외롭고 또 외로웠던 그대

삶의 짐이 무거워 늘 아팠던 그대

알아요 표현하지 않았지만

속 깊고 따뜻한 사람이었다는 걸

어른이 되어도 서툴단다

아이야
실수 한번 했다고 그렇게 고민하고 있구나
어른이 되어도 실수는 흔하단다

다만 반복하지 않도록
노력하는 것이 지혜로운 거란다
그러니 어깨 힘주고 다시 시작해보렴

아이야
단 한 번의 실패로
모든 것을 잃었다 좌절하지 말아 주렴

말하지는 않지만
어른들도 수많은 좌절을 겪었고
그때그때 이겨내면서
용기도 생기고 희망도 생겼단다

아이야
빨리 어른이 되고 싶다 했지
어른이 되면 뭐든 맘대로 될 거 같다고

하지만 어른이 되어도
서투른 게 너무 많단다
그래서 시행착오도 겪고 아프기도 하지

그렇게 많은 경험을 통해
옳고 그름을 알게 된단다

그리고 나라는 나무는 뿌리를 내려
모진 비바람이 불어도 흔들리지 않게 되지
그렇게 다들 견디며 살아가는 거란다

행복도 습관입니다

나에게 묻습니다

지금
행복할래
나중에
행복할래

대답은
"지금도 나중도 행복할 거야"

그렇습니다
행복을 미룰 이유가 없지요
시기를 정해놓을 이유가 없습니다

힘든 날에도
좋은 날에도
작은 행복이 널려 있습니다
감사할 일이 넘칩니다

그걸 모르고 지나가며
불행하다고 합니다
행복을 찾으세요
미루지 마세요

오늘도
내일도
행복하세요
행복도 습관입니다

땡큐

환하게 웃는 그대
정말 예뻐요
행복한 하루가 시작되네요

고운 말 건네주는 그대
정말 좋아요
힘이 되고 위로가 되네요

에너지가 많은 그대
긍정을 주네요
선물을 받은 것처럼 설레요

고맙다 얘기하는 그대
사랑을 알려주네요
감사하는 마음이 늘 생겨요

이렇게 좋은
그대가 있어 참 좋아요
나도 그대에게
힘이 되는 사람이 될게요

땡큐땡큐
선물같은
그대!

그런날이 있어요

이유 없이 맘이 허전한 날
하는 일마다 머피의 법칙이
적용되는 날은
왠지 맘이 슬퍼져요

그런 날은
정신 똑바로 차리고
실수하지 않으려 애를 쓰는데
그럴 때마다 어김없이 반대로 가네요

늘 대하는 가까운 사람들도
왠지 모를 거리감이 느껴지고
별 뜻 없이 하는 얘기도 민감하게
받아들여지는 날

마음이 그런 건데
그날의 상태가 그런 건데
괜히 다른 해석을 하게 되어
불편함을 키우게 돼요

그런 날은
그러려니 하면 돼요
잠시 머피의 법칙이 적용되어
힘들었다고 생각하면 돼요

살다 보면 그런 날이 한두 번인가요
내 맘대로 내 뜻대로 안 되는 일이……

어느 가장의 퇴근길

열심히 살아왔다 생각했는데
남은 건 무엇인가

일할 수 있음에 기뻐했던 날들과
수없이 이직을 생각하며 갈등했는데

어느새 퇴직을 걱정하고
노후준비와 창업을 생각하며
머릿속이 분주한 어느 가장의 가슴은
홀로 선 찬바람 속 뜨거운 한숨만 흐르고

가족의 삶과 미래에 대한
두려움이 앞서는 퇴근길에
잠시라도 잊어볼까 찾은 초라한 선술집

소주 한 잔에 어묵 국물을 털어 넣고
인생의 쓴맛을 새삼 느끼는 고뇌의 시간에
어느 가장의 시련은 또다시 시작되고 있다

함께 있을수록 좋은 사람

오늘 두 눈 마주친 사람
몇 명이나 있었나
오늘 또 내 곁을 스치는 사람
몇 명이나 있었나

수많은 인연을
쌓고 만들어 가는
우리네 삶이 늘 그런 것처럼

굳이 억지 인연을 만들려고
애쓰고 싶지 않은 건
한 번쯤 만나야 할 인연이라면
언제 어느 자리에서든 만나게 되겠지

어느 날
맑은 하늘을 보다가
미소 짓게 하는 사람이 있다면

문득문득
떠오르며 불러보고 싶은 이름이 있다면
그는 분명 함께 있을수록 좋은 사람일 것이다

안녕이라는 말

안녕? 이란 말은
편안히 잘 지냈냐고
안부를 묻는 유쾌한 인사다

안녕~ 이란 말은
헤어질 때 다시 만날 때까지
편히 지내다 또 보자는 얘기다

안녕. 이란 말은
이별할 때 그동안 고마웠다
잘 살라는 뜻이 숨어있다

안녕…… 이란 말은
다시는 볼 수 없는
먼 곳으로 떠나는 사람에게
그곳에서는 아프지 말고 편안하라는
안타까움으로 외치는 말이다

이렇게
만남과 헤어짐에 빠지지 않는 인사
안녕

오늘은
영원히 떠나보내야 하는 사람에게
안녕이라는 슬픈 인사를 한다

안녕
내 인생에 함께해 준
참 좋았던 사람……

인상

"얼굴이 변했어"라는 말에
두 가지 이야기가 있다

나이가 들어갈수록 넉넉함과
여유로운 미소를 간직한 사람은
좋은 인상으로 편안한 느낌을 준다

하지만
사사건건 불평과 불만을 늘어놓는 사람은
일그러진 인상으로 굳어져
왠지 거리감을 두게 된다

거울 한번 보자
내 인상은 어떤지
싱긋 웃어도 보고
찡그리고 있는 모습도 보자

어떤가

지금 당신의 표정은

세상 다 산 거 같은

근심 걱정 가득한 표정은 아닌지

웃자

예쁜 웃음주름 만들어보자

넉넉한 인품이 풍기도록

멋지게 나이 들어가도록

마음을 가꿔보자

어렵지 않다

세상사 마음먹기 나름이다

나이 들어갈수록

내 표정은 살아온 날들의 이력서다

포기하지 마

365일 비만 오지 않아
흐린 날 만 있는 것도 아니야
비 오는 날도
바람 불고 흐린 날도 있어

맑은 하늘이 고마운 건
그런 날을 잘 견뎠기 때문이야

한 사람에게만
맑은 날을 선물하진 않아
모두에게 공평하게 주어지지
유독 혼자만
궂은 날이 계속된다 생각할 수도 있어

하지만 생각해봐
그 많은 날을 잘 견뎌서
이제야 쾌청한 하늘을 볼 수 있는데
포기한다면 너무 아깝잖아

작은 풀 한 포기도
겨우내 꽁꽁 언 땅을 견디고
모진 비바람에 꺾이지 않으려고
안간힘을 쓰고 나서
연둣빛 새싹이 돋고
작은 꽃잎을 피워서 아름다움을 주잖아

너의 인생에
꽃이 필 거야
열매를 맺을 거야
그러니 포기하지 마

서툴러서 미안해

미안해
고마워
사랑해

이 좋은 말을
아껴도 너무 아끼는 거 같아
그때그때 적절한 표현을 해야 하는데
늘 놓치고 말아

미안하다고
고맙다고
사랑한다고
마음은 늘 시키는데
표현을 안 하니 무슨 생각을 하는지
답답하기도 할 거야

'내 맘 알겠지'라고 생각하면 안 돼
어떻게 알아 표현을 안 하는데

그 순간 놓쳤더라도
쑥스러워 말고
문자나 톡으로라도 해봐
아까 못 해준 말이 있다고

고맙고 미안하다고
많이 많이 아끼고 사랑한다고…….

맘껏
사랑하며
살아야
해
떠난뒤에
더 아픈기억
남지않도록...

이별할 때 알아야 할 것

인생은 시한부라 하잖니
늘 이별 앞에 놓여있어

가족도
친구도
연인도
모두 이별을 앞둔 거야

그 아픈 이별 뒤에서
조금 더 잘할걸
조금 더 사랑할걸
조금 더 표현할걸
후회하지 않도록
맘껏 사랑하며 살아야 해

떠난 뒤에
더 가슴 아픈 기억
남지 않도록……

술 고픈 날

비가 와서 한잔
고달픈 삶에 한잔
바래버린 사랑에 한잔
대책 없는 세월에 한잔
금이 간 얕은 우정에 한잔
믿었던 사람의 배신에 한잔
살아 보려고 애쓰는 내게 한잔

핑계는 가지가지
이래저래 핑계 김에 한 병

술 마시는 날은
팍팍한 삶에서
예고 없이 가출하는 날

흐릿한 기억이
낡은 필름처럼 뚝뚝 끊기는 날

자신의 인생을
한발 물러서서 관찰할 수 있는 날

내가 아닌
다른 사람이 되어보고 싶은 날

밀려오는 후회를
되돌리고 싶은 날

속 터놓고 한잔 기울일 수 있는
친구가 있음에 그나마 위안이 되는 날

통제력을 잃지 않기 위해
애써 태연하게 걷는 날

마음이 허전한 날
기쁨이 넘치는 날
친구야 술 한잔할까?

요양원에서

적막 속에 흐르는 숨소리로
생존을 알리고 있다

누구보다 가족을 위해
성실하게 산 삶이었지만
사연 없는 사람처럼 표정 없이 누워있다

먼 곳에서 자식들 찾아오면
보고팠던 마음 표현하지 못하고
"어서 가야 하는데
폐 끼쳐 미안하다"라며
야윈 손으로 꽉 잡고 놓지 못한다

옆 병상 할머니도
그 모습 지켜보며
연신 눈물을 훔친다

밥심으로 산다며 한 그릇씩 드시던 식성은
기저귀 자주 갈아 요양사에게 미안하다며
죽 몇 순갈 뜨고 만다

시끄러운 세상과 단절된 그곳
팔십 평생 얼마나 사연이 많았을까
하고픈 말도 넘칠 텐데

손을 놓고 돌아서는 무거운 발걸음에
초점 잃은 눈빛 하나 박히고
가슴 가득 서러움이 밀려온다

기분좋은 한마디

화를 잠재우는 한마디
미안해

서운함을 가시게 하는 한마디
고마워

믿음을 동반하는 한마디
사랑해

용기를 주는 한마디
너를 믿어

기쁨을 주는 한마디
역시 최고야

가슴을 따뜻하게 하는 한마디
밥 먹었니

동질감을 느끼게 하는 한마디
나도 그래

감동을 주는 한마디
너밖에 없어

.

힘든일 생기거든

힘든 일 생기거든

가장 어려웠던 때를 떠올려라

그때를 기준 삼아

잘 이겨낸 것을 기억하라

갑자기 별거 아닌 일처럼

마음이 가벼워진다

"그 힘든 일도 이겨냈는데

그 시절도 견뎠는데

이까짓 거 별거 아니야"라고

신기하게 마음이 편안해지고

일의 실마리가 풀리며

거짓말처럼 해결된다

훗날 돌아보면

괜히 겁먹고 고민했구나 싶고

또 힘들일 생겼을 때

당당하게 이겨낼 수 있다

비 내리는 밤에

그대 빗방울로 오셨나요
얼음처럼 깨끗하고 투명한 옷 입고

그대 바람 타고 오셨나요
시공을 초월한 머나먼 그곳에서

그대 나지막이 속삭였나요
얼룩진 마음 빗물에 씻어 버리라고

그대 비 오는 날엔
지금처럼 빗물로 오세요

아픈 그리움에
혼자라는 생각이 들지 않게

홀로 쓴 우산의
빈자리가 쓸쓸하지 않게

작은 찻집 창가에
식어가는 커피도 잊은 채 앉아 있는
바보 같은 한 사람을 위해

빛이 되는 사람

말 한마디
행동 하나가
빛이 되는 사람이 있습니다

말이 많지도 않고
행동이 요란하지도 않은데
그 사람이 남긴 여운이
두고두고 기억에 남아
닮고 싶다고 생각하게 되는
매력 있는 사람이 있습니다

그런 사람을 보면
인생의 품격과 넉넉한 마음을
읽을 수 있습니다

그 사람의 장점은 배우고 싶고
그 사람의 매력을 분석하게 되는
기분 좋은 사람
그런 사람을 알면
마음이 풍요로워집니다

관심

멀쩡하게 잘 굴러가던 자동차가
삐걱거리며 소리를 내는데
관심을 주지 않았더니 더 큰 소리로
아프다고 말한다

급하게 정비소에 가서
고장 난 자동차를 맡기고야
그때 관심 있게 볼 걸 뒤늦게 후회한다

자동차뿐이랴
사람도 표시하게 돼 있다

지나가는 말로
나 너무 아파
나 아주 슬퍼
나 많이 외로워
나 삶의 의욕이 없어……

자기한테 관심 가져 달라는 얘기인데
그냥 지나치게 되면
나중에 그 말이 그 뜻이었구나
미안한 마음이 앞서게 된다

누군가
무심히 말하거든
관심 있게 귀 기울여봐

그 말 한마디 하려고
그 사람은 수십 번 생각했을 테니

그래도
이 사람만은
내 말에 귀 기울여 주고
이해해줄 거란 생각에
힘든 마음 어렵게 표현했을 것이다

무심코 지나치지 않는 작은 관심이
누군가의 마음에 따뜻한 햇볕이 될 것이다

먼저
미소지으면
분위기까
밝아집니다

먼저
마음열면
좋은사람들이
옵니다

먼저

내가 먼저 인사하면
어색함이 사라집니다

내가 먼저 미소 지으면
분위기가 밝아집니다

내가 먼저 마음 열면
좋은 사람들이 옵니다

상냥한 한마디에
친구가 되기도 하고

생각지 못한
작은 관심에
가슴 뭉클하게 합니다

모든 것은
상대적이니
나로 인해
상대 마음도 달라지니까요

한번쯤 독해지자

한 번쯤
한 번쯤은
독해지자

마냥 좋은 사람
이래도 저래도 웃고 받아주면
참 성격 좋은 1인으로 각인될 수는 있지만
그건 거기까지다

두 번 세 번째는
술에 물 탄 듯
물에 술 탄 듯 우유부단한 사람으로
단정 짓고 함부로 대하는 수가 있다

인내에도 한계가 있다
삼세판이라 하지 않는가
세 번 속 뒤집으면 이렇게 얘기하라

아주 낮은 목소리로 폼나게
"이것들아
보자 보자 하니까 보자기로 보이느냐?
이 엉아가 우습게 보이냐 말이다"

그리고는 확 째려보며
눈을 위아래로 굴려주라
다 도망간다
아마 다시는 함부로 말하거나
대하지 않을 것이다

술 한잔 하실래요?

가끔은 술 한잔하고 싶은 날이 있어요
잘 마시지도 못하면서
분위기가 좋아서 그 시간을 즐기고 싶어 하죠

마주 앉은 사람들의 이야기가 좋고
거리감이 느껴지던 사람의 마음에
한 걸음 다가가는 시간이 되니까요

가슴속에 짓누르고 있던
응어리를 풀어 놓을 때
이 사람이 어떻게 받아들일까
고민하지 않게 되고

상대가 실수해도
애교로 봐 줄 수 있고
웃으며 받아들일 수가 있으니까요

누군가의 고달픈 인생이야기에
눈물 흘리기도 하고
누군가의 성공담에
또다시 꿈을 꾸고 다짐하는 시간이거든요

진심 담아 이해하고
진심 담아 축하하고
진심 담아 위로하고
서로 위축되지 않으면서 무장해제가 되는 시간

가끔은
맘 맞는 좋은 사람들과
술 한잔하고 싶은 날이 있어요
오늘 술 한잔하실래요?

마음

누구를 미워하면
내가 힘듭니다
마음은 늘 불편하고
하루하루가 무겁습니다

누구를 험담하면
자신이 나쁜 사람처럼
죄책감이 듭니다
잠시 스트레스가 풀릴지 모르지만
그것은 순간에 불과합니다

남을 시기하면
발전이 없습니다
부러우면 괜한 트집 말고
더 많이 노력해서 그 사람을 이기세요

누군가에게 복수하고 싶으면
마음에 칼을 갈지 말고
자신의 행복에 집중하세요
그 사람보다 멋지게 잘 사는 게
최고의 복수입니다

나를 잘 다스리면
삶은 아름다워집니다
내가 변하면 세상은 내 편이 되고
함께 할 행복한 사람들이 늘어갑니다

하나뿐인 내편

날마다 맑은 날일 수는 없다

흐린 날도 있고

바람 부는 날도 있다

유난히 흐리고 비바람이 치는 날엔

우산처럼 늘 곁을 지키며

응원을 아끼지 않는 내 편

사람으로 인해 상처받고 잠 못 이룰 때

세상엔 좋은 사람이 더 많다며

다독여 주던 내 편

늘 내 편이 되어 주는 사람

당신이 있어 살만한 세상

당신이 있어 행복한 세상

당신으로 인해 위로받습니다

당신으로 인해 다시 시작합니다

괜찮고 괜찮았고 괜찮을거야

친구야
너와 함께 한 시간들
꿈처럼 아름다웠어

젊은 시절에도
방황하던 시기에도
너는 늘 곁에 있었지

힘이 들 땐 달려와 위로해 주고
기쁜 일은 누구보다 먼저 나눴고
길을 잃고 헤맬 땐 길잡이가 되어 주었어

이렇게 좋은 너와 나
친구라는 이름으로 어깨동무하며
그 많은 세월 함께 했구나

생각해 보니
우리 삶이 결코 힘들지만 않았던 건
늘 함께 있었기 때문이야

덕분에
괜찮았고
괜찮고
괜찮을 거야
너와 나의 삶이

너에게 하고 싶은 말

시간을 낭비했다고
속상해할 필요는 없어
그 낭비한 시간 속에
값진 경험이 남아 있으니까

실패가 계속된다고
주저앉을 필요는 없어
성공한 사람들도
실패를 거듭한 거니까

사람을 잃었다고
좌절할 필요는 없어
어차피 돌아설 사람이니까

진실한 사람
비전이 있는 사람
꿈을 얘기하는 사람
마음 따뜻한 사람을 만나
시들어가는 열정이 되살아나도록

너도 누군가에게
만나고 싶은 사람이 되는 거야
그러다 보면 또 다른 길이 보일 거야

싫은 소리
들어가며
해줬던
그말이
진심으로
나를
위했다는
것을...

빛과 소금

그때는 몰랐습니다
그 말의 깊은 뜻을
듣고 싶지 않았던 말이라
귀를 닫았던 것입니다

조금 더 현명했더라면
깊게 새기고 받아들였을 텐데
지혜롭지 못한 탓에
그냥 흘려보냈던 가슴에 새길 소중한 말

이제는 알 거 같습니다
싫은 소리 들어가며 해줬던 그 말이
진심으로 나를 위했다는 것을

지금에서야 느낍니다
마음 다해 나를 아꼈던 그 맘을
빛과 소금 같은 그 직언을

쉼이 필요한 날

마음에 여유가 없는 사람은
쉬는 날도 쉬는 날이 아니다

머릿속이 복잡하고
두통을 동반한 난제가
뒤엉켜 있기 때문이다

이런 날은
마음 다스리기에 들어가야 한다

생각한다고
걱정한다고
해결되는 일이 아니라면

하루쯤 다 내려놓고
아무 일 없는 것처럼
하고 싶은 거 하면서 지내보면 어떨까

쉼이 있어도 여유가 없는 건
나 스스로 나를 옥죄고 있기 때문이다

별 하나

마음에
반짝이는 별 하나 간직하고 싶다

지친 몸보다
마음이 어두워지는 날

언제 어디서든 꺼내 보며
밝은 빛으로
희망을 다시 쓰게

봄이 오는 길목에서

겨우내 움츠렸던 마음을
활짝 펴요
봄이 오고 있어요

겨우내 멈추었던 발걸음을
힘차게 내디뎌요
꽃길이 열려 있어요

겨우내 쌓였던 먼지를
깨끗하게 털어내요
새로운 마음이 필요해요

겨우내 준비했던 계획을
당당하게 시작해요
꿈을 펼치기 좋은 계절이에요

봄은 겨울에게 말해요
이젠 서서히 물러가라고
봄은 우리에게 말해요
아무리 추운 겨울도
봄을 이기지 못한다고

곁에 두고 싶은 사람

사람을 만나다 보면
기억 속에 오래 남는 사람이 있다

잘생겨서도 아니고
잘나가는 사람이어서도 아니다

눈빛이 살아있고
희망을 얘기하며
긍정을 말하는 사람이다

그 사람에게서는
그만의 향기가 느껴진다
진한 삶의 향기가……

한 번쯤 다시 봐도 좋을 거 같고
소소한 이야기라도 즐겁게
나눌 수 있을 거 같은 사람

가끔은 조금씩 나태해져 가는 일상에서
다시금 삶의 의욕으로 가슴속 불꽃을 튀게 하는 사람
그런 사람 한 명쯤 곁에 두고 싶다

참좋은 사람

정신없는 일과 중에
문득 떠올라 빙그레 미소짓게 하는
휴식 같은 사람이 되자

마음이 울적하고
온통 젖어 있을 때
곁에 있어 위로될 거 같은
따뜻한 사람이 되자

기쁜 일 있을 때
제일 먼저 나누고
진심으로 축하해 줄 수 있는
햇빛처럼 환한 사람이 되자

누군가에게

감동의 눈물도 주고 미소도 주는

마음을 나눌 수 있는 그런 사람이 되자

너는 나에게

나는 너에게

언제나 미소짓게 하는

참 좋은 사람이란 걸 기억하자

기억해줄래?

살다 보면
그런 날이 있을 거야

이 넓은 세상에
너만 혼자인 거 같은
마음이 허전한 날

기억해줄래?
네 곁에
언제나 내가 있다는 걸